Pièce
4° Ye
944

POÉSIES & CHANSONS

PAR

Francisque GARON

OFFICIER D'ACADÉMIE

VIENNE

E.-J. SAVIGNÉ, IMPRIMEUR-ÉDITEUR, OGERET & MARTIN, SUCCESSEURS

—

1899

BIBLIOTHÈQUE NATIONALE
RF
IMPRIMÉS

POÉSIES & CHANSONS

B.F.

POÉSIES & CHANSONS

PAR

Francisque GARON

OFFICIER D'ACADÉMIE

VIENNE

E.-J. SAVIGNÉ, IMPRIMEUR-ÉDITEUR, OGERET & MARTIN, SUCCESSEURS

—

1899

BIBLIOTHÈQUE NATIONALE — R F — IMPRIMÉS

4

La Commission Municipale de 1867.

(Chanson).

La nouvelle commission
De la ville de Vienne
Réunie et mise en fonction
Disait : Quoi qu'il advienne
Le budget sera toujours bon,
La faridondaine, la faridondon,
Il repose sur le crédit,
Biribi
A la façon de Barbari,
Mon ami.

Ce budget que l'on va voter
Permettra bien des choses ;
Conseillers, maire, député
Ne seront plus moroses,
Ils feront construire des ponts,
La faridondaine, la faridondon,
Dont les arceaux seront bénis,
    Biribi
      A la façon de Barbari
        Mon ami.

Dans le quartier Fuyssin,
Célèbre dans l'histoire,
Sans jamais avoir fait de Saints
A fourni bien des gloires.
On lui rasera ses maisons,
La faridondaine, la faridondon,
On veut en faire un paradis,
    Biribi
      A la façon de Barbari
        Mon ami.

Les fontaines donnaient de l'eau
On ne savait qu'en faire.
Mais depuis que chaque tuyau
Porte une muselière,
Le reflux va dans les maisons,
La faridondaine, la faridondon,
Fermée ainsi, l'eau s'éclaircit,
        Biribi
      A la façon de Barbari
        Mon ami.

Quand la Commission aura fait
Tant de travaux rebelles,
On votera, cher sous-préfet,
Pour vous, plusieurs chandelles ;
Vous avez mis à la raison,
La faridondaine, la faridondon,
Les électeurs vos bons amis,
        Biribi
      A la façon de Barbari
        Mon ami.

L'appétit vient en mangeant.

Rose disait : « L'amour et le Mystère
N'auront, pour moi, jamais aucun attrait. »
Lucas paraît : Rose se laisse faire
Ce qu'ici-bas, on ne fait qu'en secret.
Dans ses amours, la gentille fermière
Après Lucas séduit aussi Gros-Jean.
Rose pour tous a cessé d'être fière,
Car l'appétit vient toujours en mangeant.

L'abbé novice a juré sur son âme
Que la vertu sera sa seule loi.
Satan, dit-il, beau, plus beau que la femme,
N'aura sur moi, ni puissance ni droit.
Mais au saint lieu, vient une pénitente
Aux jolis yeux, au visage charmant.
Adieu, serments, vertus, devoir, prudence,
Car l'appétit vient toujours en mangeant.

Titres, honneurs, personne dans ce monde
Ne veut porter un aussi lourd fardeau.
Je n'en veux pas, disent tous à la ronde
Les ambitieux de gloire et d'oripeaux.
Mais le grand jour à l'horizon paraît
Serai-je élu, disent-ils, soupirant,
Maire, député, sénateur ou préfet,
Car l'appétit vient toujours en mangeant.

Soldats fameux, sur le champ de bataille,
Les plus hardis tremblent devant la mort.
De cent canons, sur eux, vient la mitraille
Tous croient, soudain, voir terminer leur sort.
Mais revenus de la frayeur première,
Ils vont au feu, heureux, fiers, en chantant.
Ils vont mourir autour de leur bannière,
Car l'appétit vient toujours en mangeant.

Poète obscur que personne n'envie
Des vers tu fis d'abord un simple jeu ;
Puis, entraîné par ton faible génie,
Tu ne peux plus en contenir le feu.
A l'amitié qui bien souvent t'en prie
D'une chanson tu fais l'humble présent.
Mais, laisse là, chanson et poésie,
Car l'appétit vient toujours en mangeant.

La Délivrance du Territoire.

Riches, donnez votre or, la France tend la main,
      Ne lui refusez pas l'aumône.
Voyez ses pieds meurtris, les blessures de son sein,
      Les épines de sa couronne.

De vos écrins, sortez, mesdames, les bijoux,
      De vos parures, les dentelles.
Oh ! ne la laissez pas plus longtemps à genoux
      La charité vous rendra plus belles.

Vigoureux travailleurs, qui donnez votre sang
      Pour notre France bien-aimée,
Donnez quelques sueurs, c'est un pieux présent,
      L'obole de votre journée.

Enfants, si vous donnez vos plus jolis joujoux,
            Ne versez pas de grosses larmes,
Pour qu'un jour vous sachiez mieux diriger vos coups
            Nous vous achèterons des armes.

Vous pourrez dire alors, haut et ferme aux Germains :
            En insultant nos sœurs, nos mères,
Vous avez dans notre or, puisé, pris des deux mains,
            Vous nous avez volé nos terres.

Rendez-nous ce beau sol grandi par nos labeurs,
            Notre Alsace, notre Lorraine.
De nos frères, jamais ni le sang, ni le cœur
            Ne seront de race Germaine.

Aux Prussiens.

Oui, vous avez notre vaillante Alsace
    Et la Lorraine et leurs enfants.
Pour leur prouver qu'ils sont de votre race
    Vous broyez leurs membres sanglants.

Mais c'est en vain que vos fers, vos entraves
    Les scelleront au sol Germain.
Ils sont Français, patriotes et braves,
    Ils le seront encore demain.

N'espérez pas par vos viles promesses
    De nos frères gagner le cœur.
Tyrans, gardez vos perfides caresses,
    A l'homme libre elles font peur.

Elles font peur, entendez-vous, despotes
    Vous croyez un jour de tenir
Le monde entier sous vos talons de bottes,
    Enchaîner son bel avenir.

L'avenir du monde, c'est la France !
    Le militarisme germain
Ne pourra pas, quelle que soit sa puissance,
    Lui barrer longtemps le chemin.

Et quels que soient les coups de la Fortune,
    Les odieuses trahisons.
Des trembleurs, les plaintes importunes,
    Les guerres folles sans raison,

La France aura des jours encor prospères,
    Des jours de gloire, de splendeur.
Victorieuse à la frontière,
    Elle écrasera l'opresseur.

Puis, reprenant sa marche triomphale
    Pour l'honneur de l'humanité,
Jetant au loin, poudre, fusil et balle
    Elle vaincra par la Fraternité.

Non, mes amis, je ne veux pas mourir.

Ma vie enccr est pleine de promesses,
L'air pur et frais embaume tous mes sens,
D'un soleil d'or, les suaves caresses
Me font rêver aux charmes du printemps.
Le frais bosquet, le bruit dans le feuillage,
Les jeux charmants de Flore ou de Zéphir
Tout m'apparaît, riant comme au jeune âge,
Non, mes amis, je ne veux pas mourir.

De beaux enfants, au minois blanc et rose,
Viennent souvent jouer sur mes genoux.
Ah ! disent-ils, contez-nous quelque chose
Du bon vieux temps, grand-père, contez-nous.
Leurs doigts mignons, dans ma moustache grise,
En lutinant viennent me divertir.
De leurs baisers mon âme est toute éprise,
Non, mes amis, je ne veux pas mourir.

Favorisés de l'aveugle déesse,
Il est si doux de faire des heureux.
N'accusez pas le pauvre de paresse,
Donnez toujours, donnez au malheureux.
L'hiver est là, qui guette à bien des portes
Sa proie, hélas ! il faut la lui ravir.
Un peu de pain et quelques branches mortes,
Non, mes amis, je ne veux pas mourir.

Si la victoire enfin nous abandonne
C'est qu'elle veut, lasse, changer d'amants.
Un jour à l'un, ingrate, elle se donne
Pour un peu d'or, à l'autre elle se vend.
A mon pays, pour avoir ses caresses,
Mes chers amis, je viens encor offrir
Mon bras, mon cœur, ce que j'ai de richesses,
Non, mes amis, je ne veux pas mourir.

La Paix.

France, ta voix convaincante et profonde
Traversera l'immensité des mers.
Comme le bruit de la foudre qui gronde
On l'entendra, mêlée au bruit des fers,
Des fers rompus, cette voix sympathique
Entonnera des chants de liberté.
Partout, partout, de jeunes républiques
Apparaîtront aux vieilles royautés.

Refrain

Français, français, défendons la patrie.
En présentant au peuple notre main
L'humanité, tout entière s'écrie :
La paix ! la paix ! Vive ce beau refrain !

Dieu des combats, sur ton plus beau nuage,
Viens admirer nos belles gerbes d'or.
Tes bataillons, revenus au village,
Ne veulent plus partout semer la mort.
Abandonné, vaincu, brise ton glaive,
Détruis aussi, détruis tous les canons.
Lorsque la paix ne sera plus un rêve
Libres, heureux, les peuples s'aimeront.

Fier travailleur, digne aussi de la gloire,
Apprends et saches, instruit, civilisé,
Qu'un grand combat, qu'une grande victoire
Ne peut pas mieux nous immortaliser
Que le chef-d'œuvre ou brille la science
Du grand artiste et du modeste ouvrier.
Le soldat meurt pour notre indépendance
Et l'artisan illustre l'atelier.

Puissant progrès, avec ordre et sagesse
Va, viens, découvre, intrépide chercheur,
Dans le chaos, source de la richesse,
Tous les secrets de notre Créateur.
L'air, l'eau, le feu, la foudre aussi qui gronde
Agents féconds, divins inspirateurs
De nos savants, transformateurs du monde,
Salut, salut, pacifique vainqueur.

Toast.

Lorsque paraît le jour de ma naissance
Chez le grand-père, alors tous réunis,
Nous célébrons le jour cher à l'enfance,
A mes parents, ainsi qu'à mes amis.

Le souvenir de ce beau jour de fête
Se gravera, je le verrai toujours
En lettres d'or ; dans ma petite tête,
Le treize Mars restera le grand jour.

Mes chers parents, ici votre présence
Me fait bondir, jusqu'au fond de mon cœur.
Heureux. je bois à la chère espérance
Qui vous promet la santé, le bonheur.

Aux Cœurs généreux.

Les autrefois nous allions à l'école
Mal habillés, des trous aux pantalons.
Une ficelle, en traversant l'épaule,
Les retenait par de mauvais boutons.

Nu-pieds, l'hiver, nous marchions sur la dure,
Sans être inquiets si la bise soufflait,
Bleuis, rougis, par l'affreuse engelure,
Nous ignorions en nous ce qui souffrait.

Mais à présent nous apprenons à lire,
A bien écrire et l'orthographe aussi.
Dans nos regards, dans notre gai sourire,
Nous venons dire à ceux qui sont ici :

Merci, merci, de toutes vos largesses,
Continuez pour tous vos chers enfants,
Donnez, donnez un peu de vos richesses,
L'instruction est le plus beau des présents.

Instruits un jour et devenus des hommes
Vous les verrez, ces enfants d'aujourd'hui,
Marcher et vaincre, ainsi qu'on fit à Rome.
Vous serez fiers de vos enfants grandis.

POÉSIES BADINES

Ma Maîtresse.

Je n'ai jamais possédé de maîtresse
Qui sache mieux l'art de la volupté.
Baisers brûlants, délirante caresse
Sur moi pleuvaient. Assis à son côté
J'aurais voulu résister à ses charmes.
Lui résister ! Ah ! mais qui le pourrait ?
L'amour n'a pu mieux confier ses armes.
Je suis trop vieux, voilà mon seul regret.

Au temps des Grecs, la célèbre Aspasie
Ne sut pas mieux plaire à l'humanité.
Sous ses transports, ardente frénésie,
Les plus vaillants étaient bientôt domptés.
Par tous ses traits, jaillissait l'étincelle
Du grand foyer par qui le monde est fait.
Je vous le dis, pour lutter avec elle
Je suis trop vieux, voilà mon seul regret.

Quand arrivaient les instants de la trève
Elle m'entourait de son bras rose et blanc,
Elle posait sa lèvre sur ma lèvre,
Elle jouait comme une folle enfant ;
Puis dépensant ce qu'elle avait de grâce
Qu'elle était belle, jolie, pleine d'attraits.
Ah ! mais il faut que je cède ma place
Je suis trop vieux, voilà mon seul regret.

Si j'étais petite Mouche.

Si j'étais petite mouche
Je volerais sur le lit
De Rose. Là sur sa bouche
Je commettrais un délit.

Après, déployant mes ailes
Pour descendre un peu plus bas
Sous la gaze des dentelles
Je prendrais quelques ébats.

Puis reprenant ma volée
J'arriverais doucement
Près de la jolie entrée
D'un sanctuaire charmant.

Si j'étais petite mouche
Autour de ce beau réduit,
Sur le gazon, sur la mousse
Où l'amour se tient blotti,

Je me promènerais fière,
Regardant avec orgueil
Si je serais la première
Qui reçoive un tel accueil.

Si j'étais petite mouche,
J'entrerais dans ce beau lieu
Où la vie est belle et douce,
Où l'on est l'égal de Dieu.

Où, créature féconde,
L'on peut, oh ! divin bonheur,
Comme le maître du monde,
Devenir un Créateur.

Le Couteau.

Pierre avait comme son frère
Un instrument des mieux faits.
Les jardiniers ses confrères
D'une serpe se servaient.

Mais lui, pour tailler la tige
De l'arbuste le plus beau,
Ne se servait, ô prodige,
Que d'un modeste couteau.

Bien souvent les jeunes filles
Pour un rosier, un œillet
Disaient : « Nous serons gentilles
Monsieur Pierre, s'il vous plaît,

Venez chez-nous le dimanche. »
Obéissant aussitôt
Sur les boutons, sur les branches
Il promène son couteau.

Les vieilles, qui sont jalouses,
Viennent aussi pour savoir
Si Pierre, pour les épouses,
Ne pourrait pas quelque soir...

Nos jardins, lui disent-elles,
Pour un service encor beau,
N'ont que de vieilles ramelles :
Il leur faut un bon couteau.

Pierre entendant ce langage
Sent renaître son ardeur.
Allons, dit-il, à l'ouvrage
Retrouvons notre valeur.

. . . .

Mollement couché dans l'herbe,
Sous le soleil le plus chaud,
Hélas ! il n'est plus superbe,
Il n'ouvre plus son couteau.

Vous voyez la triste histoire
Du couteau du jardinier,
Le manche était en ivoire,
La lame de fin acier.

Malgré sa trempe superbe,
Messieurs, vous voyez ces maux ;
Sur les boutons et dans l'herbe
N'ébréchez pas votre couteau.

TABLE

BIBLIOTHÈQUE NATIONALE

Achevé d'imprimer

LE TRENTE JANVIER MIL HUIT CENT QUATRE-VINGT-DIX-NEUF

PAR

OGERET & MARTIN

A VIENNE

www.ingramcontent.com/pod-product-compliance
Lightning Source LLC
Chambersburg PA
CBHW051352050726
47595CB00006B/2516